사랑 아무래도 내가 너를

사랑

아무래도 내가 너를

『사랑 아무래도 내가 너를』 책 사용법

문득 사랑이 그리울 때는 언제든 책을 펼쳐
사랑을 읽고 사랑을 맡으세요.
어떤 향인지 구분하려 애쓰기보다
향 그대로를 느끼며 내 안의 사랑을 알아차려 봅니다.

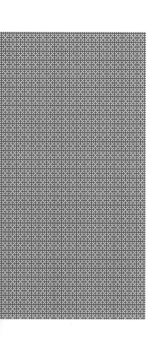

사랑하는 이에게 사랑을 고백하고 싶을 때	책을 펼쳐 내 마음을 표현한 시를 찾아본다 편지지에 시와 함께 내 마음을 글로 적는다 향기로운 이 책과 편지를 선물한다
사랑하는 일이 어렵다고 느껴질 때	천천히 책장을 넘기며 시를 읽고 또 읽는다 보드랍고 포근하게 날아드는 향을 음미한다 사랑을 알게 될 때까지 계속 읽는다 사랑에 대한 인터뷰 '사랑에 답함' P.146를 읽는다

너무 힘든 날	눈을 감고 책을 펼친다
마음을 사랑으로	우연의 힘을 믿으며 펼쳐진 면의 시를 읽는다
채우고 싶을 때	책에 코를 가까이 대고 향을 음미한다

그냥 쓸쓸하고	평소 좋아하는 공간을 찾아 앉거나 눕는다
아무것도	목과 어깨를 풀고 숨을 최대한 길게 내쉰다
하고 싶지 않을 때	책을 펼쳐 눈을 감은 채로 향만 음미한다

사랑 아무래도 내가 너를

향기시집 · 나태주 시
한서형 향

사랑

아무래도 내가 너를

존경과행복

향기가
사랑을 더욱 맑고 그윽하게 해주었으면 좋겠습니다.

◆

한서형 향기작가는 자기가 연구하고 사랑하는 향기에 대해서 의욕이 넘치는 작가입니다. 국내 최초로 '더블북'에서 출간한 향기 시집 『너의 초록으로, 다시』를 시작으로, '존경과 행복'에서 출간한 향기 시집 『잠시향』에 이어서 이번이 세 번째 작업입니다. 주제를 '사랑'으로 잡았군요. 내가 유독 사랑 시를 많이 쓴 사람인데 그런 나의 시 가운데서 향기작가 스스로 시를 가려 뽑고 거기에 사랑을 느끼고 사랑을 간직하는 데 도움을 주는 향기를 개발하여 시집을 만들었습니다.

향기를 품은 사랑 시집입니다. 하기는 사랑 자체가 향기지요. 자기도 모르는 향기. 조금쯤 사람을 미치게 하고 다른 사람으로 만들어 주는 향기. 이적지 한 번도 경험해 보지 못한 미지의 세계로 데리고 가는 향기. 때로는 사람을 오리무중으로 헤매게 하고 서성이게도 하는 향기. 그런 사랑의 곡절 가운데 한서형 작가가 제공하는 향기가 사랑을 더욱 사랑답게 하고, 사랑을 더욱 맑고 그윽하게 해주었으면 좋겠습니다.

실상 사랑은 해답이 잘 나오지 않는 복잡하고 미묘한 인간 감정입니다. 그럼에도 불구하고 인간은 하루 한순간도 사랑의 마음 없이는 사람으로 제대로 살았다 할 수 없습니다. 사랑 없는 삶은 답답한 삶이고 어두운 삶이고 나아가 우울하고 불행한 삶이기 때문입니다.

사랑을 찾기 어렵고 더구나 사랑을 간직하기 어려운 이 시대, 한서형 작가가 제공해 주는 향기 시집의 뜨락에서 더 많은 사람들이 사랑을 느끼고 사랑을 성장시키는 기회를 가졌으면 좋겠습니다. 특히, 젊은 독자들에게 더 사랑 받는 시집이기를 소망합니다.

2024년, 어렵게 가을을 맞으며
나태주 씁니다.

사랑하는 순간
설레는 마음을 향기에 담고 싶었습니다.

◆

먼저 나태주 시인께 "감사합니다."라는 말로는 한없이 부족한 감사 인사를 드립니다. 매번 작업할 때마다 마지막이라는 생각으로 시를 고르고 향을 만들었는데, 세 번째 향기 시집이라니요. 그리고 '사랑', '소망', '감사', '행복'을 주제로 엮을 마음 향기 시집 시리즈의 시작을 여는 책이니 진정 가문의 영광이고 소중한 인연입니다. 더불어 이 글을 읽는 독자님 덕분이고요. 진심으로 고맙고 감사합니다.

이 책은 마치 사랑에 빠지는 순간처럼 느닷없이 시작되었습니다. 나태주 시인과 담소를 나누다가 "향기 시집이 하나의 장르가 되면 좋겠어요."라는 말씀이 씨앗이 되어 '사랑', '소망', '감사', '행복'이라는 주제로 시와 향을 담은 향기 시집 시리즈를 구상하게 되었거든요. "사랑은 분홍색, 소망은 하늘색, 감사는 초록색, 행복은 노란색이에요."라고 색도 골라 주셨어요. 나태주의 사원색이랄까요. 그래서 시리즈의 첫 번째이자 '사랑'을 주제로 한 이 책은 분홍색입니다.

무심코 지나치던 풀꽃마저도 사랑스런 눈길로 바라보게 하는 시를 쓴 나태주 시인은 그야말로 사랑 시의 대가입니다. 유독 사랑 시를 많이 쓴 것이 사랑에 대한 미흡함과 그리움, 호기심 때문이라는 것은 인터뷰하고서야 알았습니다. 하지만 그분의 삶을 자세히 보면 얼마나 사랑이 많은지, 사랑을 나누는 데 능숙한지 금세 알 수 있습니다. 찾아온 독자에게 손수 시를 적어주실 때마다 바스러지는 손가락의 통증을 웃음으로 감추는 모습만 보아도요.

이 책을 위한 시를 고르고 향을 만들면서 '비파나무'에 빗대어 사랑을 떠올리고, 매일 마시는 '아침 커피'로 사랑을 깨우고, '우리들의 푸른 지구'를 사랑하듯 마음을 고백하는 내가 되어 보았습니다. 사랑하는 이의 얼굴은 별이고 꽃이라는 시구에 마음을 끄덕이며 사랑의 끝은 생각하지 않기로 했습니다. 그저 사랑하는 순간 설레는 마음을 향기에 담고 싶었습니다. 이제 당신이 누릴 차례입니다. 마음의 창문을 열고 '사랑'의 향연에 숨을 맡겨보시길 바라요.

2024년, 가을 곁에서
한서형 씁니다.

I 사랑에게

사랑은 아주
단순하고도 쉬운 것
그러나 세상 어느 것보다도
힘들고 까다로운 것
그것은 이미 사랑이
나의 일이 아니고
너의 일이기 때문

「사랑은 이제」 중에서

사랑

빛과 함께 온다
소리와 함께 온다
향기와 함께 온다
웃음과 함께 온다
그런 것은
눈물을 남기며 사라진다
바다가 되지도 못하면서
가슴속에 몇 알갱이
소금을 남긴다.

사랑

아름다운 사람

아름다운 사람
눈을 둘 곳이 없다
바라볼 수도 없고
그렇다고 아니 바라볼 수도 없고
그저 눈이
부시기만 한 사람.

네 앞에서

너는 내 앞에 있을 때가
제일로 예쁘다

내가 너를 사랑한다는 것을
너도 이미 알고 있기 때문

내 앞에서는 별이 되고
꽃이 되고 새가 되기도 하는 너

나도 네 앞에서는
길고 긴 강물이 되기도 한다.

사랑

비파나무

왜 여기 서 있느냐
묻지 마세요
왜 잎이 푸르고
꽃을 피웠느냐
따지지 마세요

당신이 오기 기다려
여기 서 있고
당신 생각하느라
꽃을 피웠을 뿐이에요.

알지요

말하지 않아도 알지요
사랑한다고
사랑한다고

눈빛만 보아도 알지요
사랑했다고
사랑했다고

표정만 보아도 알지요
사랑할 것이라고
사랑할 것이라고.

사랑

사랑은

사랑은 두 사람이
마주보는 것이 아니라
나란히 앉거나 서서
한 곳을 바라본다는 말 맞다
두 사람이 나란히 앉거나 서서
아니면 서서
같은 곳을 바라보고
같은 소리를 듣고
때로는 같은 생각을 하며
조금씩 조금씩 상대방을
닮아간다는 것!
그것이 사랑이 아닐까
얼굴 표정도 닮아가고
목소리도 닮아가고
생각도 닮아가고
끝내는 사는 모습이며 몸짓까지 닮아
그래서 끝내는 편안해지는 것
그것이 아닐까?
저녁놀 들판이 그러하고
아침의 바다가 그러하고
늘 보던 산길의 숲이 또한
그러한 것처럼 말이다.

아침 커피

어젯밤에도
네 생각하느라
잠을 설쳤다

조금은 피곤하고
나른한 아침

커피 한 잔으로
몸을 깨우고 다시
네 생각을 깨운다

창밖에 부신 햇살
졸린 눈을 더욱
무겁게 누른다.

사랑

아는지 모르겠다

네가 아는지 모르겠다

예쁜 꽃을 보면
너의 얼굴이 떠오르고
흰 구름을 보면
너의 목소리 생각하는 나의
이 어지럼증

네가 아는지 모르겠다

선물 가게 앞을 지날 때면
어김없이 발길이 멎고
기도 시간에도 너의 이름
제일 먼저 부르는
이 어리석음

하나님이 정말 아시는지 모르겠다.

너의 눈빛

너를 바라보는
나의 눈빛에 물이 올라서

너를 바라보는
나의 입술에 물이 올라서

네 얼굴에 걸린
서러운 초승달 두 개를,

네 얼굴에 솟아난
맑은 새암물 두 채를,

아, 나는 초록이 불붙는
나무가 된다. 사랑

사랑은 이제

사랑은 이제
나의 일이 아니다
사랑은 이제 너의 일이다
네가 내게로 오면 사랑이고
네가 내게로 오지 않으면
그냥 사랑이 아니니까

사랑은 아주
단순하고도 쉬운 것
그러나 세상 어느 것보다도
힘들고 까다로운 것
그것은 이미 사랑이
나의 일이 아니고
너의 일이기 때문

다만 나는 오늘도
너를 기다리는 사람
언덕 위에 버려진
하나의 돌덩이

혼자서 꿈꾸고
혼자서 꽃을 피운다.

우리들의 푸른 지구 3

너의 목소리 출렁
하늘바다에 물결을 일으키고

너의 웃음 고웁게
지구의 마음에 무늬를 만들고

너의 기도 두 손을 모아서
우주의 심장에 붉은 등불을 밝힌다.

◆   사랑

아무래도 내가

아무래도 내가
너를 사랑하게 되었나보아
네 예쁜 모습
예쁜 목소리
맑고도 깊은 눈동자
그것을 사랑하지
않는다는 말은 아니야
그보다도 너의 영혼
너의 몸속 마음속
더 깊숙이 숨어 있는
네 눈빛보다 더 맑고도
깊은 영혼
작은 생각 작은 느낌
하나에도 파르르 떠는
악기 이상의 악기
하늘나라에서부터
데리고 온 바로 그 악기
그러나 작은 바람 하나에도
상처받을 수 있는 너의 영혼
아무래도 내가 네 영혼
가까이 가보았던가보아
아무래도 내가 너를
사랑하고 있나보아.

내가 너를

내가 너를
얼마나 좋아하는지
너는 몰라도 된다

너를 좋아하는 마음은
오로지 나의 것이요,
나의 그리움은
나 혼자만의 것으로도……

나는 이제
너 없이도 너를
좋아할 수 있다.

사랑

어떤 얼굴

별 하나
이 땅 위에 떨어져 있구나
그대의 얼굴.

저녁때

하루의 좋은 시간을
다른 곳에 다 써먹고
창문에 어둠이 깃들어서야
그댈 생각해 낸다
그댈 생각하고
그대에게 편지를 쓴다
그래도 너무
섭섭히 생각 마시압.

사랑

찔레꽃

그립다
보고 싶다
말하고 나면
마음이 조금 풀리고

사랑한다
너를 사랑한다
말하고 나면
마음이 더 놓인다

그런 뒤로 너는
꽃이 된다
꽃 가운데서도
새하얀 꽃

찔레꽃 되어
언덕 위에 쓰러져
웃는다.

호수 1

문을 열자 거기에
네가 있었다

꽃을 들고 있지는 않았지만
네가 꽃이었고
바람이 불지 않았지만
네가 바람이었다

출렁! 나는 그만
호수가 되고 말았다.

사랑한다면

사람도 꽃으로
다시없는 꽃으로
피어날 때 있다

사람도 하늘로
맑고 푸른 하늘로
번져갈 때 있다

사람도 바다로
탁 트인 바다로
열릴 때 있다

사랑한다면
사랑하는 사람 옆에서
사랑하고만 있다면.

속아주시기 바래요

사랑은 숨길 수 없는 거짓말
그 무엇으로도 대신하기 어려운
사탕발림

그것은 속임수
속이 빤히 들여다 보이기 마련인
유혹

그치만 속아야만 돼요
넘어가 주어야만 해요

부디 여러 번, 그리고
오래오래 진짜처럼
속아주시기 바래요. _{사랑}

별

다만 내가 외로웠을 때
혼자였을 때
네가 보였을 뿐이다

다만 내가 그리웠을 때
울고 있을 때
별을 떠올렸을 뿐이다

그래서 너는 오랫동안
나의 별이 되었던 것이다.

만추

돌아보아 아무것도 없다

다만 사랑했던 날들
좋아했던 날들
웃으며 좋은 말 나누었던 날들만
희미하게 남아 있을 뿐

등 뒤에서 펄럭!
또 하나 나뭇잎이
떨어지고 있었다

오직 적막한 우주.

◆   사랑

바다 같은

날마다 봐도 좋은 바다
날마다 만나도 정다운 너
바다 같은 사람
참 좋은 내게는 너.

이유

당신은 왜 내가
우산을 가졌으면서
우산을 펼치지 않고 그냥
길을 가는지 모르시지요?
두 손에 가방을 들었기 때문이라구요?
아닙니다
당신이 받쳐주는 우산 속에 나도 들어가
당신과 함께 걸어보고 싶어서입니다.

◆

사랑

연인

잡은 손 놓지 말아요
마주친 눈 비끼지 말아요

그냥 있어요
그냥 거기 있어요

꽃들이 피어나고
새들이 노래해요

우리도 피어나요
우리도 웃어요.

화내지 마세요

화내지 마세요
당신 앞에서 나는 순한 짐승
어찌해야 할지를 모르겠어요

무서운 얼굴 하지 마세요
당신 앞에서 나는 조그만 풀꽃
그냥 웃고만 있겠어요

당신도 나에게
순한 짐승, 때로는
조그만 풀꽃이었음 좋겠어요.

◆   사랑

그날 이후

우뚝하니 커 보이던 당신
작아 보이고
많이 반짝이던 당신
흐릿하게 보이기 시작하면서
당신이 더욱 좋아졌습니다

이제는 내 가슴속에 들어와
둥지 틀고 살면서
숨을 쉬고 있는 당신
나가라는 말 하지 못함을
당신도 이미 잘 아는 일입니다.

때로 사랑은

때로 사랑은 같은 느낌을 갖는다는 것
함께 땀 흘리며 같은 일을 한다는 것
정답게 손을 잡고 길을 걷는다는 것

그것에 더가 아닙니다

때로 사랑은 서로 말이 없이도
서로의 가슴속 말을 마음의 귀로
알아들을 수 있다는 것

그보다 더 좋을 게 없습니다.

사랑

고백

좋은 것만 보면 무어든
네 생각이 나고
어여쁜 경치 앞에서도
네 얼굴이 떠올라

어떻게든 너에게
선물하고 싶지만
번번이 그럴 수는 없어

안달하다가 무너져 내리다가
절벽이 되고 산이 되고
끝내는 화닥화닥 불길로
타오르는 꽃나무

이것이 요즘
너를 향한 나의 마음이란다.

너

하늘의 꽃처럼
땅 위의 별처럼

내게는 바로 너
가슴속의 시.

◆ 사랑

스스로 선물

너를 사랑하여 나는
마음이 많이 가난해지고
때로 우울하고 슬프기까지 하다

기다리는 시간이 많아졌고
고개 숙여 혼자서 하는
생각 또한 많아졌다

그렇다 해도
그것이 정녕 그렇다 해도
어쩔 수 없는 일

아침 해가 갑자기 눈부시고
저녁에 지는 해가 문득 눈물겨워지고
아침 이슬이 더욱 맑아 보인다는 것!

그것은 보통의 일이 아니다
그것은 오로지 너를 사랑하여
스스로 받는 마음의 선물이니까.

망각

보고 싶다
하루 이틀 사흘
그리고 또 몇 날

구름 위에 쓰다가
개울물 위에 쓰다가
풀잎 위에 쓰다가

봉숭아꽃이랑 분꽃이랑
채송화랑 외우다 외우다가
바장이다가

그만 잊어버리고 말았다.

사랑

사랑에게 4

실은 네 생각만 해도
내 몸에 꽃이 피고
새싹이 나
어디선가 숨죽였던 물소리
도란도란 다시 살아나
개울물이 흘러
그런데도 자신이 없어
좋기도 하면서
두렵기도 한 마음
이걸 어쩌면 좋단 말이냐
그러게 말야
네 말대로 갈팡질팡
엉망이지 뭐니
어지럼증이야
그래도 나는 좋아
살아 있는 목숨이 좋고
네가 좋고
세상이 다 좋아
나의 세상은 너로 하여
다시 한번 시작하고
다시 한번 태어나는
세상이란다.

대답은 간단해요

당신, 내 앞에 있을 때가 제일 예뻐요
웃는 얼굴도 예쁘고
찡그린 얼굴까지 예뻐요

대답은 간단해요
내가 당신 사랑하고 있기 때문이에요
내가 당신 사랑하는 것 당신도
알고 있기 때문이에요

나도 당신 앞에 섰을 때가 가장
마음 편하고 즐거워요 당당해요
그 또한 당신이 나를 사랑한다는 걸
내가 마음속으로 잘 알고 있기 때문이겠지요.   사랑

꽃

가깝지 않지요
아주 멀리 그대 살고 있기에
오늘도 나 이렇게 싱싱한 풀입니다

숨소리 들리지 않지요
아스라이 그대 숨소리 향기롭기에
오늘도 나 이렇게 한 송이 꽃입니다

풀 가운데서도
세상에서는 없는 풀이요
꽃 가운데서도
눈에 보이지 않는 꽃입니다.

새벽 이메일

아침에 잠에서 깨어
제일 먼저 생각하는 사람이
당신입니다

하루를 살면서 가끔씩
소스라쳐 얼굴 떠올리는 사람이
당신입니다

저녁에 잠들면서도
가슴에 품고 자는 사람 또한
당신입니다

이다음, 나 세상 떠나 다른 별로 갈 때
그때에도 마지막까지 놓치지 않을 사람이
당신이었음 좋겠습니다.

사랑

차가운 손

어제도 하루 종일
산을 보고 하늘 보고
매미 소리를 들었지만
당신만 생각했습니다

가슴이 따뜻해졌습니다

오늘 아침에도 잠깨어 눈을 뜨고
하늘 보고 산을 보고
날아가는 새를 보았지만
당신만 생각했습니다

손까지 따뜻해졌습니다.

희망

그대 만나러 갈 땐
그대 만날 희망으로
숨 쉬고
그대 만나고 돌아올 땐
그대 다시 만날 날을 기다리는
희망으로 또한
나는 숨 쉽니다.

사랑

마음의 주인

눈에 보이지도 않는 조그만 마음 하나
제대로 데리고 다니지 못해 이 고생입니다

날마다 찔름찔름 넘쳐나는 이 마음 하나
어디라 부릴 곳 없어 이러이 서성입니다

날마다 날마다는 아니지만 가끔씩
나의 마음을 받아주세요 다스려 주세요

갈기 센 마음의 고삐를 잡아
주인이 되어주세요.

듣기 좋은 말

당신 때문에
나 살지요

당신 생각으로
오늘 기쁘지요

그 말 참
듣기 좋아요.

사랑

당신께 드립니다

사랑한 사람

어여쁜 사람

고마운 사람

당신 이름 앞에 골고루 한 번씩 붙여본 말들입니다

오늘은 모처럼 평안하고 밝은 마음을 전해요

천둥번개 먹구름 후려치고 떠나간 맑고 푸른 하늘을 드려요

소낙비 쏟아져 두드리고 가 더욱 푸르러진 풀잎 언덕의 둥시렷한

무지개를 드리고 싶어요

이제는 조바심하지 않으려 해요

떼쓰지 않으려고 그래요

당신 말 잘 듣는 착한 사람이려고 그래요

당신 마음 변할까 의심하기보다는

내 마음 오히려 변하지 않을까 걱정하려고 해요

우선 먼저, 내 마음부터 평화롭고 자유롭게 고요하게 만들어

당신 찾아오면 편안히 쉬다 가게 했으면 싶어요

놀다 가게 했으면 싶어요

신이 허락하신 만큼 오늘 하루치의 사랑과 평안과

따스함과 부드러움을 당신께 전해요

부디 오늘 하루도 잘 계시옵기를……

II 사랑이 이끄는 대로

그래서 사랑은
마음과 마음이 만나야 합니다
생각과 생각이 만나야 합니다
느낌과 느낌이 만나야 합니다
꿈과 꿈이 만나야 합니다

「사랑은」 중에서

시간은 우리를 기다려 주지 않는다

사랑하는 사람이 눈앞에 있을 때
친구여 우리는
사랑하는 사람에게
사랑한다고 말하지 않으면 안 된다
슬픈 마음이 있을 때
친구여 우리는
사랑하는 사람에게
슬프다는 말을 남겨 두지
않으면 안 된다
외로운 마음이 있을 때
친구여 우리는
사랑하는 사람과
정답게 손을 잡지 않으면 안 된다
친구여 시간은 언제까지나
우리를 기다려 주지 않는다네.

사랑은

사랑은 형식이 아닙니다
굴레가 아니고 껍질이 아니고
억지가 아닙니다

사랑은 형식을 벗어나야 합니다
굴레를 벗고 껍질을 벗고
억지를 벗어야 합니다

그래서 사랑은
마음과 마음이 만나야 합니다
생각과 생각이 만나야 합니다
느낌과 느낌이 만나야 합니다
꿈과 꿈이 만나야 합니다.

그리하여 사랑은

사랑은 혼자서가 아니라
둘이서 마주 어지러운 흔들림입니다

사랑은 혼자서가 아니라
둘이서 마주 흐느끼는 울음입니다

그리하여 사랑은 둘이서만 알고 있는
이야기가 생겨난다는 것입니다

다른 사람들에게 들키고 싶지 않은
비밀이 하나씩 싹튼다는 것입니다

사랑은 즐거움이 아닙니다

다만 그것은 지루한 기다림이고
혼자서만 누리는 고독의 황홀입니다

그리하여 사랑은
스스로 선택한 고통의 나날입니다.

사랑

사랑이 이끄는 대로 1

나는 눈도 멀고 귀도 먹은 자
사랑이 이끄는 대로 더듬더듬
이 세상 살아간다.

추억이 말하게 하라 4

꽃은 멀리서 볼 때 꽃답고
산은 멀리서 볼 때 산답다
하늘의 흰 구름도 멀리서만이
흰 구름이고
강물도 멀리서만이 강물인 것,
너 또한 멀리 있을 때
너답고 아름다워라
만나서보다는 헤어져서 더욱 너는 너이고
앞모습일 때보다는 옆모습일 때
너는 더욱 아름다워라
그리하여 끝내
내게서조차 잊혀지므로
너는 하나의 향기가 되리.

사랑

하늘에

하루에도 몇 번씩
하늘을 봅니다
때로는 맑고 푸른 하늘
때로는 흐리고 어두운 하늘
바라보고 바라보노라면
복닥거리는 마음
조금이라도 트일 것 같아
하늘 어딘가에
그대 맑은 웃음이라도
숨어 있을 것만 같아
하루에도 몇 번씩

하늘을 우러릅니다
하늘은 이제 나의 거울
하늘은 이제 나의 호수
아 하늘은 이제
그대의 이마.

미루나무 아래 1

키 큰 미루나무 아래 서성이며
당신을 생각했지요

햇빛 비쳐 바람이 실려
찰찰찰 하늘붕어 하늘 오르는 소리
한나절 귀 기울이며
당신을 그리워했지요

그러나 지금 당신의 웃음 너무 멀고
나는 너무 오래 혼자입니다

찰랑찰랑 하늘 두레박
물 길어 하늘로 올리는 소리 들으며
혼자서도 오늘은 오래도록 당신을
사랑해서 억울하지 않겠습니다.

사랑

사랑은

사랑은
안절부절

사랑은
설레임

사랑은
서성댐

사랑은
산들바람

사랑은
나는 새

사랑은
끓는 물

사랑은
천의 마음.

변명

사랑을 사랑이라고
말하고 나면 사랑은 이미
사랑이 아닙니다

꽃을 꽃이라고
이름 부르고 나면 꽃은 이미
꽃이 아닙니다

이것이 아직까지 내가
그대에게 사랑한다고
고백하지 않은 까닭입니다

이것이 아직까지 내가
그대를 꽃이라고   사랑
이름 부르지 않은 이유입니다.

그런 너

세상 어디에도 없는
너를 사랑한다

거리에도 없고 집에도 없고
커피잔 앞이나 가로수
밑에도 없는 너를
내가 사랑한다

지금 너는
어디에 있는 걸까?

네 모습 속에 잠시 있고
네 마음속에 잠시 네가
쉬었다 갈 뿐

더 많은 너는 이미 나의
마음속으로 이사 와서
살고있는 너!
그런 너를 내가 사랑한다

너한테도 없는 너를
사랑한다.

바람 부는 날

너는 내가 보고 싶지도 않니?
구름 위에 적는다

나는 너무 네가 보고 싶단다!
바람 위에 띄운다.

사랑

따져 묻지 마세요

밤새워 당신
생각하고 일어난 아침
문 열고 나와 보니 꽃이 폈어요

연못에는 연꽃
울타리 밑에 봉숭아
이슬을 뒤집어쓰고 폈어요

왜 꽃이 폈냐고
따져 묻지 마세요
그냥 꽃은 아침이니까 핀 거겠죠

그래도 이유를 대라면
내가 당신을 보고 싶어 했기에
폈다고나 해둘까요.

너를 위하여

여자 너머의 여자
오로지 귀여운 아이

꽃 너머의 꽃
오로지 어여쁜 사랑

산 너머의 산
하나뿐인 조그만 믿음

내일도 또 내일도
그러하기를……．

사랑

길 잃고

풀잎을 만나면
발길 돌리지 못해
서성이는 바람

꽃을 만나면
눈을 떼지 못해
눈물 글썽이는 햇빛

강물을 만나면
강물 속에 들어가
나오려 하지 않는 나무

나 또한 그대 만나
오래고 오랜 날들
가던 길 잃고 맴돌며 산다.

사랑, 그것은

천둥처럼 왔던가?
사랑, 그것은
벼락 치듯 왔던가?

아니다 사랑, 그것은
이슬비처럼 왔고
한 마리 길고양이처럼 왔다
오고야 말았다

살금살금 다가와서는
내 마음의 윗목
가장 밝고 좋은 자리를
차지하고 말았다   사랑

그리하여 우리는
하나가 되었다
너는 내가 되었고
나는 네가 되었다.

치명적 실수

오늘 나의 치명적 실수는
너를 다시 만나고
그만 너를 좋아해 버렸다는 것이다

네 앞에서 나는 무한히 작아지고
부드러워지고
끝없이 낮아지고 끝내는
사라져 버리는 그 무엇이다

네 앞에서 나는 이슬이 되고
바람이 되고 구름이 되기도 한다
보아라, 두둥실 하늘에
배를 깔고 떠가는 저기 저 흰 구름!

부탁

너무 멀리까지는 가지 말아라
사랑아

모습 보이는 곳까지만
목소리 들리는 곳까지만 가거라

돌아오는 길 잊을까 걱정이다
사랑아.

사랑

연애

날마다 잠에서
깨어나자마자 당신 생각을
마음속 말을 당신과 함께
첫 번째 기도를 또 당신을 위해

그런 형벌의 시절도 있었다.

단순한 사랑

가을이 어서 왔으면 좋겠다

가을 길 햇빛을 따라
네가 웃으면서
내게로 올 것만 같아서

여름이 어서 갔으면 좋겠다

가을의 옷자락을 밟으며
내가 웃으면서
너를 만나러 갈 수 있을 것만 같아서.

사랑

카톡 문자

오늘은 흐린 날
그래도 푸르른 나무
초록을 보자
그러면 마음에
초록 물이 들어와
마음에 힘이 솟는다

가끔은 비가 오는 날
그래도 활짝 핀 꽃
분홍을 보자
그러면 마음에
분홍 물이 들어와
마음이 밝아진다

나에게 너는
흐린 날의 초록 나무
비 오는 날의 붉은 꽃
너로 하여 내가 산다
내가 견딘다.

약속

어제는 잊혀진 약속이고
내일은 지키기 어려운 약속이다

다만 약속이 있다면 오늘
오늘의 약속은 사랑.

사랑

개양귀비

생각은 언제나 빠르고
각성은 언제나 느려

그렇게 하루나 이틀
가슴에 핏물이 고여

흔들리는 마음 자주
너에게 들키고

너에게로 향하는 눈빛 자주
사람들한테도 들킨다.

넝쿨손

저 하늘 저 들판이
마지막으로 바라보는 풍경이라면!
저 새소리 물소리 풀벌레소리
마지막으로 듣는 세상의 음성이라면!

아, 지금 웃고 있는 너의 얼굴이
세상에서 마지막으로 보는
사랑하는 사람의 얼굴이라면!

높은 담장 꼭대기까지
더듬어 올라간 나팔꽃 줄기 끝
허공을 향하여 바르르 떨고 있는
넝쿨손을 나는 지금 보고 있다. 사랑

너한테 지고

어제도 너한테 지고
그제도 너한테 졌다
내 마음속엔 네가 많은데
네 마음속엔 내가 없나봐
어때? 오늘 한 번
져줄 수는 없겠니?

오랜 사랑

바위는 부서져 모래가 되는데
사람의 마음은 부서져 무엇이 되나?

밤새워 우는 새
아침 이슬
기와집 처마 끝에 걸린 초승달
더러는 풍경소리

바다는 변하여 뭍이 되는데
우리의 사랑은 변하여 무엇이 되나?

산수유꽃만 그런 게 아니다

이름을 알게 되면
자주 눈에 띈다

사랑하는 마음을 갖게 되면
더욱 자주 눈에 띈다

그리워하게 되면
못 잊는 그 무엇이 된다

마침내 눈앞에서 사라졌을 때
가슴속으로 들어와 꽃으로 바뀐다.

큰일

조그만 너의 얼굴
너의 모습이
점점 자라서
지구만큼 커질 때 있다

가느다란 너의 웃음
너의 목소리가
점점 커져서
지구를 가득 채울 때 있다

이거야말로 큰일,
사랑이 찾아온 것이다.

사랑

약속

달빛이 있는 곳까지만 함께 가자
손가락 걸었다
풀벌레소리 있는 곳까지
개울물소리 나는 곳까지만 함께 가자
손가락 걸었다
끝내 마음이 있는 곳까지만
함께 가자
오늘 바로 그랬다.

느낌

눈꼬리가 휘어서
초승달
너의 눈은 … 서럽다

몸집이 작아서
청사과
너의 모습은 … 안쓰럽다

짧은 대답이라서
저녁바람
너의 음성은 … 섭섭하다

그래도 네가 좋다.

사랑

끝끝내

너의 얼굴 바라봄이 반가움이다
너의 목소리 들음이 고마움이다
너의 눈빛 스침이 끝내 기쁨이다

끝끝내

너의 숨소리 듣고 네 옆에
내가 있음이 그냥 행복이다
이 세상 네가 살아있음이
나의 살아있음이고 존재이유다.

별들도 아는 일

너의 생각 가슴에 품고
너를 사랑하는 한
결코 나는 지구를 비울 수 없다

그것은 나무들이 알고
별들도 아는 일이다.

◆

사랑

함께 여행

오늘이 이 세상 마지막 날이다
하고
너를 본다

오늘이 이 세상 첫날이다
하고
너를 본다

언제나 너는 이 세상
첫 사람이고
마지막 사람

돌아오는 비행기 안에서
곤하게 잠든 너
훔쳐보기도 했단다.

까닭

나는 너에게 무엇을
줄 때만 기뻐하는 사람

나는 내가 준 것을 받고
기뻐하는 너를 보고
더욱 기뻐하는 사람

나에게 주는 기쁨을
알게 한 너에게 감사한다

내일도 너에게
줄 것이 있게 해달라고
하나님께 기도하는 까닭이다.

사랑

그래도

나는 네가 웃을 때가 좋다
나는 네가 말을 할 때가 좋다
나는 네가 말을 하지 않을 때도 좋다
뾰로통한 네 얼굴, 무덤덤한 표정
때로는 매정한 말씨
그래도 좋다.

그리움

산 너머 산이 있고
강 건너 강이 있기에
그 믿음 위해
우리는 살아갑니다

이별 위에 만남 있고
만남으로 사랑 있기에
그 사랑 바라고
우리는 낡아 갑니다

눈 감아도 보이는 그림이여
음악이여
어둠이 와도 흐르는 강물이여   사랑
별빛이여.

잡은 손

잡은 손 놓지 말아요
부디 오래 잡고 있어 줘요
그대 손 놓으면
그만 와르르 낭떠러지
별들이 기울어요
하르르 꽃잎이 져요
나폴나폴 꽃잎은 별들은
나비되어 땅에 떨어져요
우리 마음 둘이서
더는 날지 못해요.

벗은 발

네 벗은 발이 내게
부끄럽지 않을 때까지

내 벗은 발이 또 네게
부끄럽지 않을 때까지

그것이 믿음
또 하나의 사랑

부끄럼도 사랑이고
믿음은 더욱 사랑이기에.

사랑

초라한 고백

내가 가진 것을 주었을 때
사람들은 좋아한다

여러 개 가운데 하나를
주었을 때보다
하나 가운데 하나를 주었을 때
더욱 좋아한다

오늘 내가 너에게 주는 마음은
그 하나 가운데 오직 하나
부디 아무 데나 함부로
버리지는 말아다오.

아무르

새가 울고
꽃이 몇 번 더 피었다 지고
나의 일생이 기울었다

꽃이 피어나고
새가 몇 번 더 울다 그치고
그녀의 일생도 저물었다

닉네임이 흰 구름인 그녀,
그녀는 지금 어느 낯선 하늘을
흐르고 있는 건가?

아무르, 아무르 강변에
꽃잎이 지는 꿈을 자주 꾼다는
그녀의 메일이 왔다

사랑

아무르, 아무르 강변에
새들이 우는 꿈을 자주 꾼다고
나도 메일을 보냈다.

다만 그뿐이야

믿어봐 믿어 줘봐 네 자신 안에 있는 너를 네가 먼저 믿어 줘봐

모든 일이 잘될 거야 좋아질 거야

웃어봐 웃어 줘봐 너 자신 안에 있는 너에게 네가 먼저 웃어 줘봐

모든 일이 잘될 거야 좋아질 거야

다른 사람들 뭐라든 무슨 상관이야 뭘 어쩌겠다는 거야 도움이 안 돼

너는 너이고 그들은 그들일 뿐이야 상관없어

사랑해 봐 사랑해 줘봐 네 자신 안에 있는 너를 네가 먼저 사랑해 줘봐

모든 일이 잘될 거야 좋아질 거야

그게 답이야 그것이 옳은 거야 그뿐이야

오늘은 날이 맑고 바람 불어 멀리 떠나고 싶은 날

멀리 사는 얼굴 모르는 사람조차 보고 싶은 날

다만 그뿐이야.

III 꽃을 바라보듯

산을 바라보듯 바라보고
강물을 바라보듯 바라보고
꽃을 바라보듯 바라보는 것

「또다시 묻는 말」 중에서

또다시 묻는 말

또다시 사랑은 무엇일까?
아무리 생각해 보아도 그것은
얼만큼 거리를 두고 바라다보는 것

그렇다! 너를
산을 바라보듯 바라보고
강물을 바라보듯 바라보고
꽃을 바라보듯 바라보는 것

그리하여 네가
산이 되게 하고
강물이 되게 하고
드디어 꽃이 되게 하는 것   사랑

때로는 네 옆에서 나도
산이 되어보고
강물이 되어보고
꽃이 되어보기도 하는 것.

식물성

네가 꽃으로 피어날 때
나도 꽃으로 피어나고
네가 신록으로 타오를 때
나도 신록으로 타오르고
네가 마른 잎으로 시들 때
나도 마른 잎으로 시든다.

되풀이

당신을 처음 만났을 때
나의 말은
당신을 사랑합니다
당신과 함께 있을 때
나의 말은
당신을 사랑합니다
당신 생각 때문에 잠 못 이루고 있을 때도
나의 말은
당신을 사랑합니다
이제 당신과 헤어진 뒤에도
나의 말은
당신을 사랑합니다.   사랑

사랑에 답함

예쁘지 않은 것을 예쁘게
보아주는 것이 사랑이다

좋지 않은 것을 좋게
생각해 주는 것이 사랑이다

싫은 것도 잘 참아주면서
처음만 그런 것이 아니라

나중까지 아주 나중까지
그렇게 하는 것이 사랑이다.

몽유

못나서 좋아졌다고 했다
가여워서 사랑했다고 했다

어쩌면 좋으냐!
어쩌면 좋단 말이냐!

쉽사리 돌아서지도 못하는
절벽 앞

꿈속에서도 너를
찾아 헤맨다.

◆   사랑

사랑이 올 때

가까이 있을 때보다
멀리 있을 때
자주 그의 눈빛을 느끼고

아주 멀리 헤어져 있을 때
그의 숨소리까지 듣게 된다면
분명히 당신은 그를
사랑하기 시작한 것이다

의심하지 말아라
부끄러워 숨기지 말아라
사랑은 바로 그렇게 오는 것이다

고개 돌리고
눈을 감았음에도 불구하고.

지키는 사람

사랑을 지키는 사람
진실을 지키는 사람
고향을 지키는 사람
자리를 지키는 사람
무릇
지키는 사람은 슬프다
지키는 사람은 외롭다
지키는 사람은 고달프다
지키는 사람은 적막하다
하지만
지키는 사람은 아름답다
지키는 사람은 순수하다
지키는 사람은 당당하다
지키는 사람은 후회없다.

사랑

답답함

아무리 밥을 먹어도 배가 고프고
아무리 물을 마셔도 목이 마르다

멍하니 앉아서 하늘을 보기도 하고
바람의 말에 귀를 기울이기도 한다

내 가슴이 왜 이리 답답한 걸까?

한참 만에 네가 보고 싶어서
그런 것이란 것을 깨닫게 된다.

오늘도 그대는 멀리 있다

전화 걸면 날마다
어디 있냐고 무엇하냐고
누구와 있냐고 또 별일 없냐고
밥은 거르지 않았는지 잠은 설치지 않았는지
묻고 또 묻는다

하기는 아침에 일어나
햇빛이 부신 걸로 보아
밤사이 별일 없긴 없었는가 보다

오늘도 그대는 멀리 있다

이제 지구 전체가 그대 몸이고 맘이다.

사랑

첫사랑

이루어지지 않았다
애달프기만 했다

수평선 멀리 사라지는
배, 가물가물
바람에 날리는 머리칼

향기만 조금 번졌다
잠 이루지 못하는 기인 밤이
여러 날

그리고 예쁘고 사랑스런
핏빛 무늬만 조금 남았다.

별것도 아닌 사랑

사랑 그것, 별것도 아니다

어색하게 손을 잡고 있을 것도 없이
다만 한자리 마주 앉아
가볍게 이야기를 나눈다든가 웃는다든가
그러다가 두 눈을 마주 보며 눈물 글썽이기도 하는 것
그보다 더 큰 것이 아니다

사랑 그것, 멀리 있는 것도 아니다

온다고 하고는 쉽게 나타나지 않는 시간
지루하게 기다리면서 가슴 졸인다든가
문득 네가 문을 열고 얼굴 내밀 때
가슴 덜컥 내려앉으면서 반가운 마음
그것에 더가 아니다

혼자 길을 가다가 구름을 보았다든가
바람에 몸을 흔드는 나무를 만났다든가
빈 하늘을 그냥 멍하니 우러를 때
까닭도 없이 코허리가 찌잉해지면서

눈물이라도 번진다면 그것이야말로
가슴속에 사랑이 집을 지었다는 증거

그렇다면, 그렇다면 말이다
사랑 그것은 별것이 아닌 것도 아니다.

사랑

의자

결코 아름답지 않은 세상
너 한 사람으로 하여
아름다웠다

저만큼 나 다녀오는 동안 너
그 자리 지켜서 좀
기다려 줄 수 있겠니?

별을 사랑하여

말갛게 푸르게 개인 하늘이었다가
흰 구름이었다가 흐린 날이었다가
천둥번개였다가 깜깜한 밤이었다가

아니, 아니
호들갑스런 새소리였다가 명랑한 물소리였다가
나비 날개의 하느적임이었다가
바람에 몸을 뒤채는 수풀이었다가

너를 생각하면 나는
오만가지 마음으로 변하고
너를 만나면 다시
오만가지 변덕을 부리곤 한다   사랑

허지만, 허지만 말이다
너를 사랑함으로 하여
더욱 내가 순해지고 깊어지고
끝내는 구원 받는 그 어떤 사람이고 싶은 것

이것이 나의 마지막 소원이기도 하다.

패키지 사랑

가장 좋은 사랑은
사랑하는 사람이
사랑하는 사람까지
사랑해주는 사랑

아내한테서 나는
그런 사랑을 배우곤 한다.

져주는 사랑

사랑 가운데는
져주는 사랑이 가장 좋은 사랑이고
슬그머니 눈감아줄 줄 아는 사랑
기다릴 줄 아는 사랑이 좋은 사랑이라는데
일찍이 그런 사랑을 배우지 못했던 것이다

사랑은 어디까지나 다투는 것이고
쟁취하는 것이고 빼앗는 것이고
때로는 구걸까지도 마다하지 않는
몰염치라고 잘못 알았던 것이다

어쩔래? 많이 늦었지만
그런 사랑을 좀 가르쳐 주지 않겠니?   사랑
너에게 부탁한다.

너는 어쩔래

꽃 보고 싶어 하는 마음
가을에도 죽지 않아서
단풍을 보고 꽃이라 부르고

너 보고 싶어 하는 마음
겨울에도 시들지 않아서
나무 위에 내린 눈
눈을 보고서도
꽃이라 부르고 싶어 한다

너는 어쩔래!

변주

사랑을 가졌어요
좋은 일이지요

사랑을 하고 있어요
축하할 일이지요

세상이 대번에 달라지고
빛나기 시작할 거예요

사랑을 숨겼어요
귀여운 시절이지요

사랑을 하고 싶어요
희망이란 말의 동의업니다. 사랑

마음만으로만 그랬었는데

나는 당신에게 줄 것이 별로 없으면서
당신에게 무엇인가
주고 싶었습니다

나는 가진 것이 별로 없으면서
당신에게 무엇인가
가지고 있는 체했습니다

그런데도 당신은 내게서
많은 것을 받았다고
말합니다

그런데도 당신은 나를
많은 것을 가진 부자라고
생각합니다

받은 것이 별로 없는데
받은 것이 많다고 말하는 당신이
참으로 행복한 사람입니다

가진 것이 별로 없는 날더러
부자라고 말하는 당신이
참으로 부자인 사람입니다.

그냥 낭만

낭만, 그냥 낭만
국적 없는 낭만
떠돌이 낭만
조금은 떨리고 조금은 서럽고
조금은 기쁘기도 한 낭만
지절거리는 아침 새소리가 되고
반짝이는 한낮의 시냇물 되고
저녁에는 또 날리는 꽃잎이 되기도 하겠네

이것도 너한테서 받는 하나의 선물.

◆ 사랑

눈부처

알른알른 간지럽다
아슴아슴 보고 싶다

볼 때마다 두 눈으로
사진 찍고 찍어도
갈급한 느낌, 그 밑바닥

다시 두 눈에
눈물이 어려
무지갯빛

그렇게 너는
눈부처다.

두 개의 지구

네 앞에서 오늘 나는
새롭게 태어나는 지구

내 앞에서 너도 오늘
새롭게 태어나는 지구

귀 기울여 듣지 않아도
들린다

두 개의 지구가 마주
숨을 쉬는 소리

너의 귀에만 들리고
나의 귀에만 들리는 소리.　사랑

어쩌면 좋으냐

보고 싶은 것이
사랑인 줄 모르면서
사랑을 했다

목소리 듣고 싶은 것이
사랑인 줄 모르면서
사랑을 했다

그리고서 또다시 오늘
너를 보고 싶어 하고
너의 목소리 듣고 싶어 한다

이런 나를
어쩌면 좋으냐!

바람 부는 날이면

바람 부는 날이면 네가
더 보고 싶었다

바람 속에 너의
향기가 있을 것 같아
바람 속에 너의
목소리가 숨은 것 같아

두리번거리며
두리번거리며
꽃이 피는 아침보다
새가 우는 저녁보다

사랑

바람 부는 날이면 언제나
네가 더욱 보고 싶었다.

사랑의 방식

나는 이제 너하고
영원한 사랑을
약속할 수는 없다
이 세상 끝까지라고
말하진 못한다

다만 오늘까지
너를 생각하고
지금 이 순간만은
온전하고도 슬프게
너를 사랑할 수 있다고
자신 있게 말한다

이것이 오늘 나의
최선이다
나의 사랑의 방식이다.

진행형

피어나는 꽃들은
마음을 하늘로
하늘로 밀어올리고

지는 꽃들은
마음을 아래로
아래로 떨어뜨린다

네 앞에서 나는
하늘로 하늘로
피어오르는 꽃

그러므로 나의 사랑은
언제나 진행형이다. ^{사랑}

사랑에의 권유

사랑 때문에 다만
사랑하는 일 때문에
울어본 적 있으신지요?

보고 싶은 마음 때문에 오직
한 사람이 보고 싶은 마음 때문에
밤을 꼬박 새워본 적 있으신지요?

그것이 철없음이라도 좋겠고
어리석음이라도 좋겠고
서툰 인생이라 해도 충분히 좋겠습니다

한 사람의 여자를 위하여
한 사람의 남자를 위하여 다시금
떨리는 손으로 길고 긴 편지를
써보고 싶은 생각은 없으신지요?

부디 잊지 마시기 바래요
한 사람의 일로 밤을 새우고
오직 그 일로 해서 지구가 다
무너질 것만 같았던 날들이 분명
우리에게 있었음을

그리하여 우리가 한 때나마 지상에서
행복하고 슬프고도 외로운 사람이었음을
부디 후회하지 마시기 바래요.

당신 때문입니다

하루를 살아도 나
곱게 숨 쉬는 사람임은 오로지
당신 때문입니다

뜨는 해를 보아도
작은 풀꽃 한 송이를 보아도
길 가다 문득 새소리를 듣다가도 나
눈물 글썽이는 소년임은 그 또한
당신 때문입니다

안타깝기도 하고 때로는
서럽기도 한 이승에서의 날들
하지만 쉬이 놓을 수 없었음은 역시
당신 때문입니다

맑게 살아라
소리 없이 흐르는 강물처럼
기도처럼 살아라

나 하루를 살아도
아름다이 마무리하고 싶음은
오로지 당신 때문입니다.

사랑

사랑에게 1

사랑을 가졌는가?

그렇다면 입을 다물라

조심하라

풀들과 나무가 이미

눈치를 채고

바람이 짐작을 하고

흘러가는 구름이

엿보고 있다

사랑은 숨길 수 없는 것

숨겨도 숨겨도 밖으로

삐져나오는 것

그러니 조심을 하란 말이고

입을 다물란 말이다

사랑을 발설하는 순간

사랑은 숨을 거둔다

사랑이 아닌 그 무엇이 되고 만다

사랑은 그 자체로서

눈부신 것이고

아름다운 것이고

충만한 그 무엇이다

사랑을 가졌는가?

그렇다면 더욱 겸허하고

주변의 생명 하나하나에게

너그럽고 섬세하고

친절하라
그렇지 않으면 사랑이
사랑으로 오래 남지 못한다
사랑은 비밀
그 무엇으로도 감춰지지 않는 비밀
사랑은 사랑 그것으로 이미
완전하며 시작이요 끝
더는 없는 아스라한 세상이다.

사랑

우리들의 푸른 지구 2

사랑한다는 말 대신에 하는 말
우리 오래 만나자

사랑하겠다는 말 대신에 하는 대답
우리 함께 오래 있어요

날마다 푸른 지구
내일 더욱 푸른 지구

오늘은 네가 나에게 지구이고
내가 너에게 지구이다.

별을 안는다

너를 안으면 별의 냄새
하늘 허공을 흐르다가
지친 별 하나
내 가슴에 와
머무른다는 느낌
고독의 냄새
슬픔의 냄새
아 사랑의 예감
나는 그만 눈을 감는다
나는 그만 어지러워
어지러워……
길 잃은 별이 된다
이제 어디로 가야 하나?
나는 또 그렇게 흐른다.

사랑

어설픔

끝내 길들여지지 않는
너의 수줍음
너의 어설픔

언제나 배시시 웃을 뿐인
너의 절반웃음
그것을 사랑한다

결코 길들여지지 않기로 하는
너의 수줍음이 순결이다
한결같이 떫은 표정

너의 어설픔이 새로움이다
애야, 부디 길들여지지 말거라
누구한테든 길들여져서는 안 된다.

사랑은 그런 것

예쁘면 얼마나 예쁘겠나
때로는 나도 내가
예쁘지 않은데

좋으면 얼마나 좋겠나
때로는 나도 내가
좋지 않은데

그만큼 예쁘면 됐지
그만큼 좋으면 됐지
사랑이란 그런 것이다

조금 예뻐도 많이
예쁘다 여겨주면
많이 예뻐지고

조금 좋아도 많이
좋다고 생각하면
많이 좋아지는 것이 아니겠나.

사랑

그냥

사람이 그립다
많은 사람 속에 있어도
사람이 그립다
그냥 너 한 사람.

느낌으로

네가 혼자서
과자를 먹고 싶다고 말하면
나는 금세 과자 가게 앞에서
과자를 사는 사람이 되고

네가 다시 혼자서
아이스크림을 먹고 싶다고 생각하면
나는 다시 아이스크림 가게 앞에서
아이스크림을 사는 사람이 된다

아, 놀라워라!
너는 느낌으로 말하는 사람이고
나도 느낌으로 알아듣는 사람

땅속을 흐르는 강물이
서로를 잘 알아차리고
서로 어울려 흐르는 것처럼 말이다.

사랑

마음의 거울

너는 내 마음의 거울
나의 말 나의 표정
나의 몸짓 하나하나
찾아내어 무늬를 세우는
맑고도 깊은 호수

하늘이 어리고
구름이 어리고
산과 들과 나무 더러는
새의 날갯짓 풀벌레 울음
바람 소리까지 어리는
맑은 호수

두려워라 고마워라
나의 마음 얼룩까지 어리어
거기 오래 살기 바라네
너의 맑은 영혼
너의 고운 사랑 더불어
오래 숨 쉬기 바라네.

마음의 짐승

너 보고 싶은 마음
너무 사나워
몸을 줄이면서부터 마음의
품도 많이 줄었다

징그럽던 맨드라미도
예쁘게 보이기 시작했으며
봉숭아는 더욱 애처롭게 보였다
그것이 봉숭아가 아니고
맨드라미가 아니라도 좋았다

몸을 바꾸면 마음도
따라서 바뀌어진다는 것을   사랑
알게 되어서 참
기쁘다.

참새

참새야
내 손바닥에 앉아다오,

네가 바란다면
내 손바닥은 잔디밭.

네가 바란다면
내 손가락은 마른 나뭇가지.

참말로 네가 바란다면
내 입술은 꽃잎. 잘 익은 까치밥.

참새야
내 머리 위에 앉아다오,

네가 바란다면
내 머리칼은 겨울 수풀. 아무도 모르는.

사랑

오래 함께 마주 앉아서
바라보는 것

말이 없어도 눈으로 가슴으로
말을 하는 것

보일 듯 말 듯 얼굴에
웃음 머금는 것

그러다가 끝내는 눈물이 돌아
고개 떨구기도 하는 것.

어린 사랑

혼자 있을 때
얼굴이 떠오르고

혼자 있을 때
목소리 떠오르고

생각만 해도 가슴에
향기 번지는 마음

더구나 만나서 웃음을
참을 수 없다면

더더욱 그것은
사랑이란다.

한 사람

한 사람을 열심히 사랑해서
많은 사람을 사랑할 수 있었다
언제나 옆에 있는 오직 한 사람.

사랑

먼저 나 자신을 사랑하고
그 사랑하는 마음으로 다른 사람을 사랑하라고 말하고 싶어요
자신을 자기가 사랑하지 않으면 누가 사랑해 주겠어요?
포기하지 말고 끝까지 사랑해야 해요
나 자신이 소중하다는 것을 알아야 해요
이 세상에서 가장 소중한 사람은 '나'입니다.

나태주

사랑을 묻고 사랑에 답함

나태주 ―――――――――――――――――――――――――――

마크 로스코를 아세요?
나는 마크 로스코 그림을 보면서
구원을 받았다는 생각이 들었어요.
'바로 이거다!' 그림을 보면서
감정 상태가 그대로 느껴졌거든요.
그래서 마크 로스코는 나의 선생입니다.
내가 쓴 시를 읽는 사람이 그것에
대해서가 아니라 바로 그것이 되게
써야 한다는 걸 가르쳐준 선생이죠.
내가 사랑을 썼으면 그 시를 읽는
사람이 사랑이 되는 거예요. 사랑이
느껴질 뿐만 아니라 사랑을 알게 되고
사랑스러운 상태가 되는 것.
그런 시를 써야겠다는 마음을
마크 로스코에게 배웠어요.

그림을 보며 관람객 스스로 내면을 돌아보게
하려고 모양 없는 그림을 그린 마크 로스코처럼
시인님께서도 시를 읽으며 그 마음, 그 상태가
되기를 바라시는군요. 사랑을 읽으면 사랑이 되고,
행복을 읽으면 행복이 되는 시라니 너무나 멋지네요.
그러고 보니 시인님의 시를 읽으면서 마음이
몽글몽글해지기도 하고 울컥하기도 하고
시구를 따라 넘나드는 감정을 느끼곤 했는데,
이제야 그 이유를 알겠어요.
저도 마음에 새겨야겠습니다.
사랑을 맡으면 사랑이 되는 향을 만들고
싶어집니다. 그러고 보니 창조자네요.
시인님은 창조자가 되는 거고요?

맞아요. 창조자가 되는 거죠. 되도록
노력해야 해요. 부끄럽게도 평론가 이숭원 교수는
시선집 『풀꽃』 해설문에서 '그는 하나님 다음
자리의 창조자가 되었다'라고 쓰기도 했어요.

우리는 많은 것을 가졌는데도 늘 불행하다고 생각한다. 그러나 자연의
천진한 눈을 가진 시인은 아주 소박하고 편안하게 진정한 행복이 어떠
한 것인가를 노래한다. 그의 시는 자세히 읽어야 예쁘고, 오래 읽어야
사랑스럽다. 인생의 진실, 우주의 진리는 거창한 이론이나 기묘한 논리
에서 오는 것이 아니라, 단정하게 고요하게 세상을 바라볼 때 저절로 솟
아나는 것임을 그의 시가 깨닫게 한다. 이러한 발견과 터득의 기법은 지
구 역사상 어느 누구도 시도한 적이 없다. 나태주 시인만이 이렇게 했
다. 이로써 그는 하나님 다음 자리의 창조자가 되었다.
– 『풀꽃』 발문, 이승원(서울여대 교수·문학평론가), 2014년

저도 시인님의 시를 읽을 때마다
감정을 투영하거나, 아하! 하고 무릎을
치고는 하거든요. 단순하고 간결한 시에서
심오한 생의 진리를 발견하게 되는 거죠.
이승원 문학평론가님의 '창조자'라는 표현에
깊이 공감합니다. 『사랑 아무래도 내가 너를』을
읽는 독자들이 사랑이 되면 참 좋겠습니다.
읽으면서 사랑을 느끼고, 사랑하고 사랑받는
기쁨으로 충만한 상태가 되는 모습을
상상만 해도 즐겁고요. 문득 궁금해집니다.
사랑이란 무엇일까요?

나태주

사랑은 나를 소중하게 여기는
마음이에요. 나를 소중하게 생각하면
사랑이 마르지 않아요. 내가 소중하니까
엄마가 소중하고, 내가 소중하니까
네가 소중한 거예요. 모두는 아니겠지만
대부분 누군가를 사랑하는 건 그 사람이
나에게 필요한 것을 가지고 있어섭니다.
특히 상대에게서 내가 꿈꾸는 것이나
자기 마음속에 있는 이데아를
발견했을 때 사랑하게 되죠.

한서형

그렇다면 연인은 나의 필요를 채워주고,
마음속 이데아를 품은 사람이니
너무나 감사한 사람이네요.

나태주

그렇죠. 연인은 내가 꿈꾸고 바라고
필요한 것을 가진 사람이니 정말
감사한 사람이죠. 눈에 보이지 않지만
늘 걱정해 주는 마음, 보드라운 살결,
아름다운 눈빛, 숨소리, 머리카락에서
나는 비누 냄새처럼 형태가 없는 것들이
그 사람에게 있어서, 그게 내가 좋아하는
것이라서 사랑하는 거죠. 그러므로 사랑은
이기적입니다. 자기를 사랑하니까 남을
사랑하는 거예요. 만약에 연인 사이에
상대에게 폭력적이라면 그 사람은
자기를 사랑하지 않는 사람이겠지요.

한서형

'나를 사랑해야 남을 사랑할 수 있다. 나에게
필요한 것을 가지고 있으므로 사랑한다.'라는
말씀이 단순하지만 당연하고 강력한 진리라고
여겨집니다. 그런데 그게 참 어렵기도 하죠.
시인님의 사랑은 어떠셨어요?

나태주

나는 사랑이 제일 어려웠어요.
사랑을 제대로 못 해봐서 사랑 시를
많이 썼어요. 사랑을 완전하게 했다면
아마 사랑 시를 쓰지 않았을 겁니다.
사랑에 대한 미흡함과 그리움, 호기심이
있어서 쓰는 겁니다. 한마디로 끝내지를
못하겠어요. 그래서 지지부진해요.

거짓말하고 진실하지 못한 사람이
말이 많듯이 잘 모르니까 많이 썼어요.
확실하게 모르니까. 사랑은 추상명사잖아요.
추상명사 중에서도 가장 복잡하고 난해해요.
답이 없어요. 매우 가변적이고 진행형인
주제예요. 인생도 사랑도 진행형입니다.

— 한서형

사랑이 쉬운 사람이 있을까요?
저는 시인님의 시를 읽으면서 시처럼
사랑해 보면 좋겠다고 생각했거든요.
사랑을 더 잘하려면 어떻게 해야 할까요?

— 나태주

기대를 낮추면 어떨까요?
한 대학생 독자가 찾아왔어요.
사랑이 이루어지지 않아 힘들다고
하소연하더라고요. 그래서 제가 그랬어요.
한번 바꿔서 생각해 보자. 내가 바라보는
사람 말고 나를 바라보는 사람이 있는지
살펴보자. 나중에 그 학생이 다시 찾아와서
물어보니까 자신을 바라보는 사람을 바라보니
좋아졌다고 하더군요. 젊은 날에 사랑은
한쪽만 바라보고 그쪽으로만 가는데,
그럴 때는 잠깐 뒤돌아볼 필요가 있어요.
나를 바라보는 사람이 있나?
원하는 사람이 있나? 있다면
나도 그 사람의 장점을 찾아보고
인정해 주면 좋지 않을까.
그런데 젊은 시절에는 그게 쉽지 않아요.
잘 안될 거예요. 그렇더라도
너무 재촉하지 마세요.

— 한서형

시인님 덕분에 청년의 사랑법이 달라졌군요.
그러고 보니 저도 가장 사랑하는 남편과의
첫 만남은 설레거나 인상적이지 않았어요.
첫눈에 좋았다기보다는 무심하게 이야기 나누다가
장점을 발견하게 되었거든요. 자세히 볼수록
좋은 사람이어서 사랑에 빠졌고요.
제가 발견했던 장점은 그대로이니 사랑하는
마음이 더 오래도록 유지되는 거 같아요.
시인님께는 독자들과의 에피소드가 참 많으실 텐데요.
'사랑'을 주제로 한 시 중에서
기억에 남는 시가 있으세요?

「내가 너를」이라는 시가 있어요.
원래 이 시는 내가 30대 중반에 쓴
『막동리 소묘』라는 시집에 172라는 숫자
제목으로 수록된 넉 줄짜리 시였어요.
그런데 어느 날 보니까 이 시가
인터넷에 돌아다니더라고요.
네 줄짜리 시 내용은 그대로인데
세 개의 연으로 바꿔서 어떤 사람이
인터넷에 올려둔 거예요. 제목도
원래 제목인 「막동리 소묘 172」가 아닌
「내가 너를」이라는 제목을 붙여서요.
'분명 내 시가 맞은 데 왜 이렇게 됐지?'
싶었어요. 나 혼자 쓴 시가 아니라
독자들이 고쳐서 다시 쓴 거예요. 본래
이 시의 기본이 독자들 마음에 있었던 거죠.
세상에 널려 있었던 겁니다. 그런데 그게
내 마음속에 그냥 있었던 거예요. 나는
그저 그걸 찾아낸 겁니다. 독자들이 이 시를
「풀꽃」 다음으로 아주 좋아합니다.

내가 너를 얼마나 좋아하는지 너는 몰라도 된다.
너를 좋아하는 마음은 오로지 나의 것이요,
나의 그리움은 나 혼자만의 것으로도 차고 넘치니까……
나는 이제 너 없이도 너를 좋아할 수 있다.
— 「막동리 소묘 172」 전문

내가 너를
얼마나 좋아하는지
너는 몰라도 된다

너를 좋아하는 마음은
오로지 나의 것이요,
나의 그리움은
나 혼자만의 것으로도
차고 넘치니까……

나는 이제
너 없이도 너를
좋아할 수 있다.
— 「내가 너를」 전문

저도 『막동리 소묘』라는 시집에서 읽었는데,
연을 바꾸니 읽는 마음이 달라지고
좀 더 여운이 남는 거 같다고 생각했어요.
독자들이 음미하며 함께 쓴 시로군요.
이 시에서 '나는 이제/너 없이도 너를/
좋아할 수 있다.'라는 시구를 읽으면서

향기롭다고 느꼈어요. 향기는 끝끝내
사라지지만 우리 기억 속에 어떤
순간이나 감정, 느낌으로 남으니까요.
마치 너 없이도 좋아할 수 있는
마음처럼요. 사랑이 향기라면,
어떤 향기가 날까요?

— 나태주

사랑은 동그라미예요. 달걀을 보면
사랑을 느끼지 않나요?
전형적인 사랑의 표현이 달걀, 새알이에요.
생명을 품고 있잖아요. 지구도 둥글지요.
생명은 둥급니다. 그래서 사랑 향기는
둥글둥글했으면 좋겠어요.
둥글다는 말은 포근하다는 말이에요.
좀 포근하게 안으로 깊이 더 깊이
스며드는 향기였으면 좋겠어요.
평화롭게 둘을 하나로 만들어 줄 수 있는
향기라면 좋겠어요. 촉촉하고 스며드는 향기,
촉촉하고 윤기 나는 습윤이랄까.
보일 듯 말 듯 상대에게 부담을 주지 않고
작게 반짝이는. 내가 '윤슬'이라는 말을 좋아해요.
물에 뜬 별 같다고 '물별'이라고 표현한
사람도 있던데, 봄과 가을에 볼 수 있는
윤슬 같은 향기라면 좋겠어요.

— 한서형

둥글둥글하고 작게 반짝이는 윤슬 같은 향기.
상상만 해도 기분이 몽글몽글해져요.
'사랑' 향을 맡으면 사랑을 느끼고
사랑이 떠오르다 사랑이 되면 참 좋겠습니다.
끝으로, 지금 누군가를 사랑하거나
사랑하고 싶은 독자에게 한말씀 해주세요.

— 나태주

먼저 나 자신을 사랑하고,
그 사랑하는 마음으로 다른 사람을
사랑하라고 말하고 싶어요.
자신을 자기가 사랑하지 않으면
누가 사랑해 주겠어요? 포기하지 말고
끝까지 사랑해야 해요.
나 자신이 소중하다는 것을 알아야 해요.
이 세상에서 가장 소중한 사람은 '나'입니다.
우리 어머니가 왜 나한테 소중할까요?

내가 소중하니까 어머니도 소중한 겁니다.
누구 어머니인가요? 내 어머니잖아요.
우리나라가 왜 소중할까요? 내 나라니까
소중한 거예요. 자기를 아끼고, 높이고,
소중하게 생각하고, 간직하고
더 좋은 쪽으로 꽃피워 나가는 마음이
사람한테 필요해요. 나는 기도할 때도 그래요.
"오늘도 나를 위해 살게 해주십시오.
내가 잘 살아서 좀 남는 것을 남한테도
나누게 해주십시오."라고. 내가 가진 것이
없는데 어떻게 남에게 나누어 주겠어요.
내가 더 부드럽고 더 따뜻하고 아름답고
좋은 것을 가졌을 때 다른 사람에게도
줄 수 있는 거예요. 그리고 다들 알아야 해요.
상대를 볼 때 외모만 볼 게 아니라 그 사람
마음속에 특별한 아름다움이 있는지
알아차리기 위해 노력해야 해요.
만나다 보면 이야기나 행동에서
결국에는 나타나요. 교언영색*을
가려낼 줄 알아야 하죠.

사랑은 사람을 살게 하는 에너지라고
생각해요. 사람은 한시도 사랑 없이
살 수 없어요. 세상 모든 사람이 사랑을
포기하지 말고 살면 좋겠어요.

지나치게 뜨겁지 않은 사랑, 너무
성급하지 않은 사랑, 가까이에 있지 않아도
늘 마음속으로 그를 위해 기도하고
응원하는 사랑을 하시길 바라요.

---

*교언영색 巧言令色 : 말을 교묘(巧妙)하게 하고
얼굴빛을 꾸민다 라는 뜻으로, 아첨(阿諂)하는 말과 알
랑거리는 태도(態度)(논어(論語)의 학이편(學而篇))

꽃을 만지면 손에서도 꽃향기가 나듯 이 책을 만지면 눈을 감아도 사랑이 느껴지기를 바라며 한동안 '사랑'에 골몰했습니다. 몇 달에 걸쳐 나태주 시인의 전집에 수록된 칠천여 편의 시를 읽고 또 읽으며 '사랑'을 고르고, '사랑' 향기를 그렸습니다. 읽다 보면 사랑을 느끼고 사랑하고 싶고 사랑받고 싶어지다가 사랑이 되는 시와 향을 담을 수 있기를 소망하면서요. 소망이 자라날수록 작업실은 더 향기로워졌습니다. 실패한 향기도 향기로우니까요. 이별 후에도 사랑은 여전히 사랑이듯이.

158 시작은 달콤했습니다. '사랑'하면 떠오르는 달콤 쌉싸름한 초콜릿 향기를 만들어 보기도 하고, 매혹적인 꽃 향을 잔뜩 섞어 나른하게 기분 좋아지는 향기도 떠올렸다가, 첫사랑의 비누 냄새를 닮았지만, 개성 강한 레몬 버베나와 밀당을 하기도 했습니다. 그렇게 향기는 달콤했다가 매혹적이었다가 강렬했다가 포근해졌습니다. '사랑은 동그라미'라는 나태주 시인의 말씀을 마음에 품고 동그라미를 닮은 향을 계속 그렸습니다. 사랑이 떠오르는 동그라미는 어떤 모양일까, 어떤 향기일까 상상하면서요. 머릿속에도 스케치북에도.

어느 여름날 아침, 한 달 전 만들어 숙성 중인 향기를 맡은 후 또다시 '실패 분류'로 옮겨두고는 축 처진 어깨로 정원을 거닐 때, 문득 어디선가 다정한 향기가 말을 걸었습니다. 올해 키우기 시작한 식용 장미 '로사 라즈베리'였어요. 갓 피어난 분홍색 꽃잎을 한 장 따서 흐르는 물에 씻어 입에 넣고 씹으니, 머리끝까지 장미향이 솟아오르며 금세 기분이 좋아졌습니다. 사랑이 차올랐죠. 아! 장미가 있었지. 사실 처음부터 장미를 생각하지 않은 건 아니에요. 하지만 외면했어요. 사랑의 상징이자 향기의 여왕이라 불리는 장미는 1g을 추출하는 데만 천 송이 넘는 꽃잎이 필요해서 생산량이 매우 적고 값비싼 향료입니다. 장미 향을 한 방울만 넣어도 책값이 비싸지니 망설일 수밖에요. 하지만, 다시 실패하고 싶지 않았습니다.

장미 중에서도 '행복한 사랑'이라는 꽃말을 가진 핑크 장미 한 다발을 사서 파란 줄무늬가 있는 화병에 꽂아두고는 보고 또 보았습니다. 스케치북을 펼쳐 장미를 그리다가 동그라미를 그리고 동그라미 두 개를 겹치면 하트 모양이 되는 걸 발견했어요. 동글동글한 하트. 물을 충분히 머금은 붓으로 몽글몽글 하트 구름을 그리고 튼튼한 줄기를 더하고, 자그마한 이파리까지 그리고 나니 귀엽고 사랑스러운 꽃이 되었어요. 세상에 없는 꽃, 꽃잎도 줄기도 이파리도 모두 분홍색인 '사랑꽃'. 그래, 이 꽃에 향기를 만들어 주자.

그렇게 다시 향기 작업을 시작했습니다. 사랑꽃에서는 어떤 향기가 날까요? 꽃과 줄기, 이파리 모두에서 향기가 나는 상상 속의 꽃을 위한 사랑 이야기는 강렬한 클라이맥스로 마음을 휘어잡는 소설 보다는 잔잔하고 소소한 일상을 담아 공감과 위로를 주는 에세이 같기를 바랐어요. 주인공을 장미로 정하니 함께 할 향들이 자연스레 떠올랐습니다. 우선 페르시아어로 '신의 선물'이라는 뜻을 가진 '야스민'이 어원인 재스민 앱솔루트는 '향기의 왕', '밤의 여왕'이라 불릴 정도로 강렬하고 매혹적인 향입니다. 사랑이야말로 신이 주신 최고의 선물이니 장미의 좋은 파트너예요. 물론 배역의 균형을 잘 맞추는 게 중요합니다. 때를 맞추어 정원에서 피어난 듯 자연스런 비율을 찾아내고 일랑일랑과 로즈 제라늄을 더해 사랑이 시작되는 순간을 응원합니다. 그리고 용기를 북돋워 사랑을 지키는 힘을 주는 샌들우드와 시더우드, 페루 발삼이 어우러진 나무와 나뭇진이 튼튼한 가지처럼 향을 지탱합니다. 가만히 눈을 감고 조금 더 음미해 보세요. 달콤 쌉싸름한 초콜릿 향이 나는 새싹이 돋는 순간을 만나게 될지도 모릅니다.

해 뜰 무렵 고요하게 내려앉은 공기 너머 세상이 서서히 밝아지고 살갗으로 온기가 스밀 때, 손을 내밀어 풀과 꽃을 만지면 손짓 따라 일렁이는 바람결에 숨으로 날아드는 향내. 특히 꽃내음 가득한 여름 정원에서 눈을 감으면 까맣던 배경이 금세 보드라운 분홍빛으로 차오릅니다. 사랑꽃을 그리며 그 순간을 자주 떠올렸습니다. 스스로 사랑이 되기 위해서는 어떻게 해야 할까. 늘 타인을 향해 있는 눈을 감아 거두고 숨으로 들어오는 향을 마주하며 나 자신에게 말을 걸었습니다. 내 안에 사랑이 가득 차서 노력하지 않아도 흘러넘칠 수 있도록 나를 사랑하는 일에 힘썼습니다. '나는 있는 그대로의 나를 사랑한다'라는 주문을 벽에 새겨 매일 보고 또 보았습니다. 사랑하는 이와 함께 살아가는 이생에 감사하는 기도도 잊지 않았습니다. 그렇게 사랑하는 순간순간들이 나의 손길을 따라 향기에 오롯이 담긴다고 믿습니다. 내가 '행복할 때만 향기를 만든다.'라는 원칙을 지키는 이유이기도 하죠.

이 책을 만드는 동안, '사랑' 향기를 그리는 내내 곁에서 사랑하고 사랑받는 기쁨을 충만하게 느끼게 해준 남편 유명훈에게 이 글을 빌어 존경과 사랑을 전합니다. 이 책을 펼쳐 향이 다가올 때 사랑이 느껴진다면, 아마도 제 사랑의 흔적일지도 모릅니다.

그리고 부디 책을 펼친 그대,
잠시라도 사랑이 되기를 감히 소망합니다.

◆ **시인 / 나태주**

1945년 충남 서천에서 태어났다. 공주사범학교를 졸업한 뒤 43년간 초등학교 교사로 재직, 2007년 공주 장기초등학교 교장으로 퇴임했다. 1971년 서울신문 신춘문예에 시가 당선되어 작품활동을 시작했다. 첫 시집『대숲 아래서』를 출간한 후『좋은 날 하자』까지 50여 권의 시집을 펴냈고, 산문집·향기 시집·그림 시집·동화집 등 200권이 넘는 저서를 출간했다. 아이들에 대한 마음을 담은 시「풀꽃」을 발표한 뒤 '풀꽃 시인'이라는 애칭과 함께 국민적인 사랑을 받고 있다. 소월시문학상, 흙의 문학상, 정지용 문학상 등을 수상했다. 2014년부터는 공주에서 '나태주 풀꽃문학관'을 설립·운영하며 풀꽃문학상을 제정·시상하고 있다.

◆ **향기작가 / 한서형**

식물의 향기를 예술로 표현하는 국내 1호 향기작가. 대표작으로는 '달항아리', '이타미 준 시그니처 향', '백제금동대향로 향 287', 2022년 출간한 국내 최초 향기시집 『너의 초록으로, 다시』, 『잠시향』, 『사랑 아무래도 내가 너를』 등이 있다. 유동룡 미술관, 노스텔지어 한옥, 삼성카드, 자코모, 부여군 등 기업과 브랜드를 위한 시그니처 향을 개발했고, 국립부여박물관, 정읍 시립미술관, 2022 광주 디자인비엔날레, JAD 페스타 등을 통해 향기 전시를 선보였다. 눈에 보이지 않는 향을 다루는 일을 지극히 시적이고 영적이라 여겨 매일 명상하고 '행복할 때만 향을 만든다'라는 원칙을 고수한다. 작가가 만든 향기의 영혼이 결국은 향기 작품을 통해 사람들에게 고스란히 전해질 수 있다는 믿음 때문이다.

Web. www.hanseohyoung.com
Insta. @aromaartist

사랑 아무래도 내가 너를

초판 1쇄 발행일 2024년 11월 23일
초판 2쇄 발행일 2025년 2월 14일

지은이 / 나태주, 한서형
펴낸이 / 유명훈

기획·편집 / 한서형
디자인 / 정혜란
인쇄·제책 / ㈜상지사피엔비

펴낸 곳 / 존경과 행복
등록 / 2022년 12월 9일 제 2022-000009호

주소 / 경기도 가평군 상면 축령로45번길 62-240 존경과 행복의 집
전화 / 031-585-5159
웹사이트 / www.respectandhappiness.com
인스타그램 / @respectandhappiness.books

ⓒ 나태주풀꽃문학관, 한서형, 2024. Printed in Korea.
ISBN 979-11-984330-1-5 03810

PRINTED WITH
SOY INK

MIX
Paper | Supporting
responsible forestry
FSC® C187932